Les Pensées

d'un Yoghi

PARIS

GARNIER, LIBRAIRE-ÉDITEUR
QUAI SAINT-MICHEL, 19

1896

Les Pensées

d'un Yoghi

Les Pensées

d'un Yoghi

PARIS

LÉON VANIER, LIBRAIRE-ÉDITEUR

19, QUAI SAINT-MICHEL, 19

—

1896

Tous droits réservés.

ÔM !

A LA TRÈS SAINTE MÉMOIRE DE

ÇAKYA MOUNI

LE ROI LIBÉRÉ DE KAPILAVASTU

CET ASSEMBLAGE DE FEUILLES
QUI NAGUÈRE FUT CHIFFONS
ET BIENTÔT RETOURNERA EN CHIFFONS
EST PIEUSEMENT CONSACRÉ

PAR

SON INDIGNE DISCIPLE

Les
Pensées d'un Yoghi

1

Je n'écris que par aphorismes. J'ai remarqué, en effet, qu'on lisait rarement un article d'un bout à l'autre, une pensée toujours.

2

Tout ce qui verse à l'homme quelque consolation ici-bas, qui lui parle d'infini, de justice ou d'amour, porte, comme les anges, un vêtement flottant : la femme, le magistrat, le prêtre.

3

Il est des gens qui ne dépouillent jamais leur orgueil. Leurs fautes, s'ils les passent en revue, c'est à cheval.

4

« Ne m'oubliez pas, » soupire le cœur. « Ne t'oublie pas, » hurle la raison.

5

Quand une femme a l'air généralement sérieux, il y a des chances pour que les perles de son écrin buccal ne soient pas d'un orient irréprochable.

6

Les malins qui, sous couleur d'instituer des expériences psychologiques, passent leur vie à courtiser les belles dames, me font un peu l'effet de gens qui voleraient des rondins de bois dans une forêt sous prétexte d'étudier la botanique.

7

Certains médecins, en vous tâtant le pouls, ont une façon de vous prendre par la main qui semble tout de suite vous guider vers un monde meilleur.

8

Quand on a une volonté de fer, il faut prendre bien garde de la laisser rouiller par des larmes de femme.

9

On s'étonne parfois que les gens qui n'écoutent jamais ce qu'on leur raconte puissent encore avoir des amis. C'est peut-être ce qui explique de leur part qu'ils en aient tant.

10

Souvent, pendant que le prêtre est en chaire, ânonnant son prône, un oiseau du ciel prend son vol sous les hautes voûtes. Laissez-la voltiger, cette bestiole, elle prêche aussi à sa manière.

11

L'être le plus aimable de la création est la femme ; le plus respectable, la mère, à la condition qu'elle cesse d'être une femme.

12

Quand on veut parler de son premier amour, il est rare qu'on ne songe pas aussitôt à deux ou trois.

13

Le plus dangereux métal est l'acier. Il fournit la matière des glaives, des plumes à écrire, et des tournures.

14

Certains êtres nés pour obéir et appelés par le hasard à débattre les grands intérêts coloniaux du pays en face d'une diplomatie chatouilleuse, nous font trembler comme la vue d'un domestique mal dégrossi, manipulant une fragile porcelaine de Chine.

15

Il y a trois sortes d'établissements au fronton desquels on aurait bien fait de retarder l'inscription des mots : « Liberté, Égalité, Fraternité », à savoir : les prisons, la Monnaie et les arsenaux.

16

Ce n'est qu'en participant à l'obscurité des choses que nous parviendrons dans une certaine mesure à en vaincre le mystère. Tissons nos rêveries dans le voile qui nous dérobe Maya, si nous voulons entrevoir ses beautés cachées.

17

J'ai toujours espoir qu'au jugement dernier on nous accordera le jury.

18

L'âme est à l'égard des sens comme une noble captive entre les mains de paysans grossiers, condamnée à ne se réjouir que quand ces rustres ont réussi à la mêler à leurs jeux et à la faire entrer dans la danse.

19

Nos rois avaient leur fou en titre. Le peuple souverain, ayant plusieurs têtes à distraire, devait forcément multiplier l'emploi.

20

Les impressions de l'enfance sont ineffaçables. Pour marquer sur le sol l'ultime empreinte qui nous fera trébucher à la tombe, notre pied se posera comme au jour de printemps où l'on guida pour la première fois sa démarche tâtonnante. Quand je serai admis dans le chœur des Trônes et des Séraphins, je sens que ma plus hâtive évocation sera celle du petit nez retroussé qui le premier fit battre mon pauvre cœur.

21

Souvent deux amants se désaltèrent à la même coupe de voluptés ; mais l'un trinque avec du petit bleu, l'autre avec du Syracuse.

22

Allons ! encore quelques siècles, et on nous appellera le moyen âge. Il faut avouer que nous ne l'aurons pas volé.

23

Pendant longtemps on a cru qu'il fallait uniquement tenir compte en politique de ceux qui possèdent le monde en surface : les cultivateurs ; mais de plus en plus on prend l'avis de ceux qui tentent de l'accaparer en hauteur : les cultivés. Patience. Bientôt les légitimes amodiateurs de l'azur auront enfin vaincu les paladins du cadastre.

24

C'est assez d'une très petite dose d'idéal pour ennoblir une longue existence. Recueillez tout l'or des nimbes dont vous avez cerclé le front d'innombrables idoles, et un minuscule flacon suffira à le contenir.

25

Certaines gens ne résistent pas au plaisir de river son clou à leur meilleur ami, même si la pointe a pénétré en plein cœur.

26

L'occasion, dit-on, fait les larrons ; elle fait peut-être aussi les Christs.

27

On a beau avoir la même origine, la destinée nous répartit inégalement ses faveurs. Tel boyau de mouton deviendra la frêle et plaintive chanterelle qui sous l'archet d'un virtuose nous arrachera des larmes, tel autre sera la prosaïque enveloppe, bondée de chair épaisse, d'un saucisson crevant de suffisance.

28

Ceux que l'amour trahit n'ont qu'à noyer leur chagrin dans l'ivresse. N'est-ce pas Bacchus qui, à Naxos, consola Ariane délaissée ?

29

Il est sage de canaliser ses vices, mais il ne faut pas trop s'attarder dans les biefs.

30

Dans les réceptions du grand monde, les femmes découvrent leur cou, ce noble support du visage, et la courbe divine des épaules, ce fuyant appui de nos fronts. Dans les bals publics, c'est par les extrémités basses qu'elles tendent à se décolleter. Tout le contraste entre deux formes irréductibles d'idéal ne se résume-t-il pas en ce simple trait ?

31

Quand je songe que sur cet immense Océan, où l'on peut naviguer durant des semaines sans rencontrer la moindre voile, d'innombrables navires suivent inflexiblement la route qui doit les faire s'éventrer l'un l'autre, je me demande comment on peut encore douter de la Providence.

32

Se faire dire la bonne aventure ! L'épithète seule aurait dû suffire pour jauger l'impartialité de ce procédé d'investigation.

33

La religion se fera de plus en plus commode. On finira par monter au ciel en ascenseur.

34

Quand on veut parvenir, c'est, comme Achille, du côté du talon, mais un peu plus haut, qu'il faudrait être invulnérable.

35

Ce n'est jamais sans une certaine terreur que je me mets au lit. N'est-ce pas du sommeil d'Adàm que Dieu profita pour le gratifier d'une compagne ?

36

Les mendiants d'amour sont les plus nerveux de tous. Quand on ne remplit pas la main qu'ils tendent, ils ferment aussitôt le poing.

37

Tous nos prétoires sont soigneusement lambrissés de chêne. Est-ce pour nous faire regretter davantage celui de Vincennes ?

38

Nos savants feront mieux qu'arrêter le soleil : ils le remplaceront.

39

La femme ne veut, dit-on, qu'une chose : être préférée. Elle doit donc nous permettre de comparer.

40

Le livre de la nature est un de ces incunables où l'on négligeait de mettre la ponctuation, et dont le titre est à la fin.

41

On ne m'ôtera pas de la tête qu'il y a eu interversion dans l'ordre des livres saints et que tout ce qui est dit de la création d'un être raisonnable formé à l'image de Dieu doit être rangé parmi les prophéties.

42

Les gens du monde au cœur sec et à l'abord mielleux m'induisent souvent à penser que nous ne sommes pas aussi loin qu'on veut bien le dire de l'époque de la pierre polie.

43

Dans la conquête physique d'une femme, contrairement aux lois sur la chute des graves, on va incomparablement plus vite de bas en haut que de haut en bas.

44

Est-ce bien la peine d'avoir été un grand patriote, un guerrier indomptable comme Jean Hunyade, pour n'être connu, quatre siècles après sa mort, que par une eau purgative ?...

45

Où règne l'antique erreur la lumière pénètre difficilement. Les vitraux gothiques interceptent les rayons du soleil, comme chez les vieillards la cornée devient opaque.

46

Le sort de l'amour, cette passion tragique, dépend d'un tout petit pli du visage : il naît d'un sourire, niche dans une fossette, et meurt d'une ride.

47

Quand les astronomes nous parlent d'étoiles qui s'éteignent, je crois toujours entendre le Père Éternel murmurer de sa grosse voix : « Allons, bon ! encore un globe de cassé ! »

48

Ou la théorie de Darwin n'est qu'un leurre, ou l'homme du siècle prochain naîtra un cigare à la bouche et un bulletin de vote à la main, tout prêt à s'empester et à s'asservir.

49

Toutes les langues dont Babel fut jadis assourdie jacasseraient-elles à la fois, elles formeraient une cacophonie plus intelligible que celle qui emplit journellement les Pas-Perdus de notre for intérieur.

50

Il ne faut pas juger de l'arbre par l'écorce. Les Auvergnats portent volontiers des vêtements de velours.

51

La révélation brusque d'une bassesse physique suffit parfois à étouffer une passion naissante. Tous les commencements d'incendie du cœur peuvent être éteints à la façon humiliante dont usa Gulliver.

52

O hommes politiques, ne grattez pas le mur pour en chasser l'ombre, vous le dégraderiez en vain; mais augmentez la lumière, l'ombre se dissipera d'elle-même. Ne jetez pas au creuset les faux bijoux, qui contiennent toujours quelques parcelles de pur métal, mais donnez à chacun une pierre de touche avec la manière d'en user.

53

Le plus joli cadeau que rêve l'enfant est une montre qui lui indique les heures; quelques années plus tard, ce sera une poupée à ressorts, qui les lui fasse oublier.

54

Le christianisme a retiré l'âme humaine de roture en lui octroyant pour lettres de noblesse l'Evangile et la croix pour blason.

55

Nous pardonnons plus facilement à la femme les artifices de son cœur que les perfidies de son corsage.

56

Quand la mode des processions extérieures reviendra, c'est autour de la Bourse que devra se faire la principale, car c'est là que les récoltes sont toujours le plus compromises.

57

En fait d'amour, beaucoup de gens sont comme les hannetons, ils comptent leurs écus avant de s'envoler.

58

Le tonneau est toujours un emblème de folie, soit qu'on l'enfourche comme Bacchus, soit qu'on l'habite, comme Diogène.

59

La plupart des hommes attendent qu'ils soient vieux pour se replier sur eux-mêmes.

60

Les déclamations des impies contre le matériel du culte tombent à faux. L'Eglise n'est pas dans les dalles du sanctuaire, mais dans les fronts qui s'y meurtrissent; ni dans les vapeurs de l'encens qui flottent au-dessus de l'autel, mais dans la prière qui jaillit plus haut qu'elles et va percer les voûtes; ni dans la pâle et insipide manne enfin qui descend sur les lèvres du fidèle, mais dans le cœur qu'elle réconforte.

61

Par la parole l'homme est supérieur à l'animal; par le silence, à lui-même.

62

Quand une belle personne a les yeux inégaux, ses amis disent qu'elle en a un plus grand, ses ennemis, un plus petit que l'autre. Toute la différence entre la bonté et la malveillance est là.

63

Les gens versatiles imitent tout, sauf l'honnêteté; de même le caméléon prend, dit-on, toutes les couleurs, excepté la blanche.

64

Sur le manuscrit de l'amour l'homme surcharge, la femme biffe.

65

La critique doit faire l'office de mouchettes, non d'éteignoir.

66

Peu de gens savent cacher leurs défauts, comme César sa calvitie, avec des lauriers.

67

Certaines insultes portent en elles leur réconfort. Les chiens n'aboient que contre les roues qui tournent.

68

Tout cœur qui bat trop fort s'expose à des représailles.

69

Les pavés des barricades sont dangereux aux gouvernements, mais pas plus que ceux de l'ours.

70

Les taches de la lune sont sans doute les cicatrices des nombreux trous qu'on lui a faits.

71

Quand un homme est décoré, on devrait nommer son père pour le moins officier d'académie.

72

Les gens bien doués sont condamnés d'avance à brûler plus longtemps que les autres dans le Purgatoire, étant plus riches en phosphore.

73

N'est-il pas pénible de penser que certains écrivains consacrent de longues veilles à des ouvrages soporifiques et procurent à des inconnus un bienfait dont ils se privent eux-mêmes?

74

Les yeux sont tellement le miroir immédiat de l'âme

que nous en voulons toujours à ceux qui louchent : nous croyons malgré nous qu'il y a un peu de leur faute. Il semble qu'une absolue rectitude d'âme devrait être assez énergique pour redresser l'axe de la vision physique.

75

Le cœur de la femme parle hébreu. On n'y comprend rien, et quand il emploie le singulier pour dire : « Je t'aime », par exemple, il entend toute l'espèce.

76

A peine la création fut-elle terminée que quelques séraphins mal élevés se mirent à l'éplucher. L'opposition est née de bonne heure.

77

Le plus bel éloge qu'on puisse faire d'un cavalier, c'est de dire que son cheval et lui ne font qu'un.

78

La plupart des Samsons qui veulent ébranler l'édifice

social nous donnent bon espoir : ils ont déjà de leur ancêtre la cécité.

79

Plus il est de race haute, plus l'homme supporte en silence l'adversité. Moins que le fer gémit l'argent sous le marteau, et moins que l'argent, l'or.

80

Mal de dents, mal d'amour. Cette ridicule affection ne peut donc pas se passer de bandeau ?

81

Rien de plus délicieux que les joies du foyer; malheureusement tout le monde veut y tisonner.

82

Il est plus facile de faire un compliment exquis que d'y répondre même médiocrement. Aussi les femmes remercient-elles généralement d'un sourire; mais n'est-ce pas la moitié d'un baiser ?

83

Des charmes capitonnés ne réussissent pas mieux à asservir l'amour, élément subtil, que le coton ne retient les essences qu'on y verse.

84

Avec les goûts de byzantinisme qui tendent à prévaloir, on recherchera toujours davantage les femmes maigres sur fond d'or.

85

Le confessionnal lui-même est pour le pécheur une pierre d'achoppement. Les malfaiteurs de boudoir ont grand'peine, j'imagine, à y maîtriser des tentations d'orgueil.

86

Par toute son habitude la femme trahit sa nature d'esclave. Les couleurs dont elle rehausse son teint ne sont que mensonge, ses jarretières sont des liens, ses bracelets des menottes, ses colliers des carcans ; la cuirasse soyeuse qui comprime ses flancs est la plus étouffante des geôles, et les molles tricheries qui en arrondissent les contours la plus lâche des trahisons.

87

On se fait des cadeaux, a dit quelqu'un, quand on commence et quand on finit d'aimer. C'est sans doute ce qui explique chez tant de personnes le souci de multiplier les échéances.

88

De l'écume de mer les anciens firent jaillir Astarté la blonde. Nous n'avons su en façonner qu'un calumet nauséabond.

89

Les coquettes de profession qui se refusent par hypocrite pitié me rappellent toujours un de mes amis qui, en avalant des huîtres, évitait avec le plus grand soin de verser sur elles une goutte de citron, de crainte de les agacer.

90

Dieu lui-même n'a-t-il pas d'avance excusé tous nos mensonges en nous donnant le rêve ?

91

La femme, dit-on, doit être loyale et se confier tout entière ; mais peut-être n'est-il pas indispensable que ce soit au même.

92

La plupart des réformateurs s'excusent d'être méconnus en citant l'exemple de Galilée. Mais parce qu'on a eu raison d'admettre finalement que la terre tourne, faudra-t-il croire ceux qui soutiennent qu'elle danse ?

93

Tous les compliments sont à double fin. Devant une nature morte bien imitée on s'écrie : « Quels superbes fruits ! On y mordrait, » et à une exposition horticole : « Quels superbes fruits ! On dirait qu'ils sont peints. »

94

Nous n'apprécions pas assez nos trottoirs qui nous permettent d'éclabousser en toute sécurité les voitures de maître.

95

Toute peine profonde exhale, comme la statue de Memnon, un gémissement aux premiers et aux derniers feux du jour.

96

Si l'on formait pour chaque homme un dossier des lettres d'amour qu'il a écrites pendant sa vie, il en est peu qui n'obtiendraient, grâce à ce certificat, leur entrée dans une maison de santé.

97

Y a-t-il rien de plus mélancolique que de voir un couple de canards s'égarer dans un champ de petits pois ?

98

Les dilettanti du cœur ne consomment pas plus de la femme que les courtiers-gourmets n'avalent du vin qu'ils goûtent ; ils se contentent de lui offrir quelques instants l'hospitalité de leur palais.

99

L'acéré du trait ou la plénitude du sens excusent seuls

le genre démodé de l'aphorisme. Les pensées détachées doivent l'être comme des flèches ou comme des fruits pleins de suc et de saveur.

100

Pour s'assurer la longue possession de ses vassaux, la femme agit comme on faisait autrefois envers les momies, leur vidant d'abord la tête, et comblant le creux avec les plus enivrantes épices.

101

On rencontre de par le monde d'austères moralistes toujours à cheval sur le devoir. Mais ils ont un manège en ville.

102

Si tous les hommes descendent du singe, pourquoi l'humanité compte-t-elle tant de serpents, d'ânes, de caméléons, de bécasses et de tigres ?

103

Dès qu'il tombe sur un miroir, le regard des filles d'Ève s'allume ; il y a toujours un peu d'argent derrière.

104

Si jamais on veut décerner mon nom à une rue après ma mort, que ce soit une impasse.

105

Je ne sais pourquoi la foi du charbonnier me paraît toujours un peu intéressée. N'aura-t-il pas à alimenter les feux éternels ?

106

Pas plus que la fraîcheur du gant ne dénonce la propreté de la main, la douceur des manières ne prouve la bonté du cœur. Mais c'est une grave présomption.

107

On aura beau médire de la bicyclette, elle n'en a pas moins sur l'équitation ce grand avantage d'avoir supprimé une bête sur deux.

108

Le lien qui unit l'âme au corps est une espèce de mariâge; ils ne peuvent vivre ensemble sans se gourmander, et rien n'égale le chagrin de leur séparation dernière.

109

La dernière marche d'un escalier qu'on gravit est toujours un peu plus haute que les autres.

110

Autant l'homme est incomplet qui n'a pas senti hérisser ses cheveux au souffle brûlant des grandes passions, autant il serait funeste et stérile à lui d'y calciner sa vie. Un volcan n'est pas un four crématoire.

111

Combien un fou n'a-t-il pas de chances de réussir auprès d'une fille d'Ève ! Ne fait-il pas plus de gambades que son singe, ne jacasse-t-il pas plus que son perroquet, n'est-il pas plus caressant que son chat favori, et ne ment-il pas plus impudemment que sa camériste ?

112

On ne peut faire saigner un cœur sans être éclaboussé.

113

Sans les bons, le mal serait singulièrement atténué. Prométhée n'est-il pas aussi responsable de l'incendie du temple d'Éphèse qu'Érostrate ?

114

Certains dévots se rendent à l'église comme à un moulin à prières.

115

Tous les conseils ne sont pas bons pour tous ni toujours. Qui oserait au hasard déguster les flacons d'une pharmacie ?

116

La mort est le meilleur médecin. Une visite lui suffit.

117

C'est une grave question, qui a le mieux aimé : celui que l'amour a rendu fou ou celui qu'il a rendu sage.

118

A voir les gens qui voyagent en troisième classe, il y a lieu de s'étonner qu'il n'y en ait pas une quatrième.

119

Il n'y a pas de martyrs volontaires. Ceux qui se cruci-fient ont soin d'enfoncer les clous dans des trous déjà existants.

120

Tel jeune poète sous le coup d'un désespoir d'amour parle de se jeter à l'eau, qui n'aurait qu'à agrandir son encrier.

121

Le mortier est moins ancien qu'on ne croit. Durant longtemps les murs ne furent cimentés que de sang.

122

L'insecte qui produit la noix de galle ne se pose que sur les feuilles les plus tendres. L'infortune choisit ses victimes.

123

La vérité ne gagne pas à voyager, il suffit pour l'altérer du plus court espace : celui de l'oreille à la bouche.

124

Bien des gens ne sont polis qu'en dedans, comme les canons.

125

Les géologues seuls me paraissent avoir compris la mission de la noble Europe et pénétré sa pensée profonde, en éclaboussant leurs cartes de larges plaques sanglantes.

126

Tout commerce d'amitié pour devenir florissant doit commencer par vendre à perte.

127

Le parfait sportsman est un homme qui des pieds au genou sent le chien, du genou à la poitrine le cheval, de la poitrine au nez le tabac, du nez jusque par-dessus les oreilles la femme, et depuis les oreilles jusqu'à l'extrémité des cheveux rien du tout.

128

Les ignorants qui ne savent que médire ou parler d'eux

n'ont qu'un tort, c'est de ne pas faire les deux choses en même temps.

129

Dans ce qu'on appelle la foi des traités il faut sans doute comprendre avant tout les traités d'art militaire.

130

La félicité est le lot des humbles. Le petit pot de Jenny l'ouvrière a sûrement répandu plus de bonheur ici-bas que les jardins suspendus de Sémiramis.

131

Le premier poil neigeux qu'on découvre dans sa barbe vous tourmente plus qu'une avalanche sur la tête de votre meilleur ami.

132

Qu'est la mer à côté de la rosée? Celle-ci est tout aussi large, beaucoup plus douce, compte autant de perles et n'a pas à son passif un seul naufrage.

133

La franchise est une belle qualité, sans doute, mais il ne

faut pas qu'elle soit gravée sur notre front au point de nous faire paraître aussi malins qu'une charade avec sa solution imprimée d'avance.

134

Il en est des idées comme des femmes. Dix coûtent moins à nourrir qu'une seule à habiller.

135

Je me demande parfois si sur l'arbre de la science du bien et du mal il n'y avait pas déjà beaucoup de hannetons.

136

Toujours ménagère, la femme ne remplit une première fois son cœur que pour jauger ce qu'il contient.

137

L'amour est le larynx du cœur, le mariage le pharynx. C'est une grande fatalité pour nous quand s'introduit un aliment grossier dans un canal uniquement préposé aux soupirs.

138

Le poète doit demeurer étranger à toute excitation arti-
ficielle. Quand on chevauche Pégase, on n'a pas d'éperons
à mettre.

139

Trop d'humains nous rappellent que nous habitons un
astre aplati.

140

Si l'homme était à roulettes comme le tricycle, que ne
donnerait-il pas pour changer ce mode de locomotion
contre des jambes !

141

Les gentilshommes de sport semblent n'avoir conservé
de leur éducation religieuse que le culte de la crèche.

142

La Bibliothèque Nationale possède environ deux mil-
lions de volumes, à peu près autant que Paris contient
d'âmes. J'aime à croire pour le dépôt des citoyens reliés

que la proportion des méchants et des sots y est moindre. Ce qu'il y a de certain, c'est qu'ici comme là les trois quarts sont des manuels, des extraits, des dictionnaires et des compilations.

143

Qui attaque l'Elysée ébranle sa propre maison.

144

Le malheureux a un avantage, c'est d'être débarrassé des flatteurs. Sur le cyprès on ne trouve point de chenilles.

145

Les joies d'une bonne conscience nous font envisager avec indulgence la nature entière. C'est un diplôme de baccalauréat délivré au Créateur.

146

Tout peut être traité de cinquième roue à un char, excepté celle de la Fortune.

147

Certains portent leur point d'honneur comme un point de côté.

148

Durant les périodes de froideur on se tait, car toute parole aggraverait le mal. De même dans les excursions de glaciers on s'avance en silence, de crainte que le son de la voix ne provoque la chute des formidables séracs.

149

A la façon dont s'y prennent ceux qui prétendent faire leur paradis dès ce monde on serait tenté de croire que le ciel n'est autre chose qu'un mauvais lieu.

150

« La nuit sera bientôt passée, puis surgira l'aurore, et apparaîtra le brillant soleil. » Pendant que la cicindèle enfermée au calice d'un liseron se fait ces réflexions, passe un âne qui d'un coup de dent emporte l'insecte et la fleur.

151

La parole a été donnée à l'homme pour aiguiser sa pensée.

152

Si le droit du seigneur a réellement existé, tous nos paysans ont du sang bleu dans les veines, et la roture de race n'est plus qu'un leurre.

153

Les gens qui pour pénétrer le mystère de la vie analysent des cadavres sont à peu près aussi bien avisés que ceux qui, en vue d'approfondir les lois de la balistique, disséqueraient des canons, une fois le coup parti.

154

A la porte du Paradis terrestre fut placé un ange armé d'une épée. Rien ne peint mieux la déchéance de l'humanité que l'apparition de ce premier factionnaire.

155

Je m'étonne toujours que l'eau qui tombe sur Paris n'ait pas un petit goût salé.

156

Avant de prendre un nouvel amant, les femmes devraient bien se dire que ce sera l'ancien d'une autre. Après tout, c'est peut-être ce qui les décide.

157

Rien ne m'inquiète plus que ces mots : le tribunal de l'histoire. Si encore c'était une cour d'appel !

158

Demandez à un géomètre la mesure de la terre, mais ne lui demandez pas celle de son nez.

159

Je songe parfois que, si je deviens célèbre, on suspendra après ma mort aux arceaux d'une église de longues tentures noires parsemées de larmes d'argent. D'argent ! Travaillons ferme.

160

Il y a des silences tellement accusateurs qu'ils ne peuvent être victorieusement réfutés que par le silence. C'est ce qui explique le peu de bruit qu'on entend dans certains rassemblements du grand monde.

161

Ce n'est jamais que nos prédécesseurs immédiats que nous dénigrons. Reculés dans le lointain de l'histoire, ils redeviennent héroïques. Le casque est glorieux, la perruque ridicule. Qui sait si un jour le chapeau haut de forme, lui aussi, ne sera pas un emblème chevaleresque, ou tout au moins de majesté?

162

Rien ne nous attire plus que la froideur. Ce qui séduit avec une telle puissance tous les aimants de la terre, c'est une masse insensible et dure, là-haut, vers les glaces du pôle.

163

A mes heures d'appréhension je vois poindre la féodalité du mastroquet.

164

On me citait une femme du monde si soucieuse de l'étiquette que ce qui la choquait le plus dans le péché d'Adam et d'Ève, c'est de penser qu'ils n'avaient pas pelé leur pomme.

165

Le style c'est l'homme. Chez ceux qui écrivent pour avoir du pain, on trouve le plus souvent des phrases empâtées.

166

On a découvert en Egypte, à l'aide de puissants microscopes, un animal long d'un vingtième de ligne qui s'occupe activement à saper la pyramide de Chéops. Courage, petit insecte. Tu seras au bout de ta tâche avant que nous soyons parvenus à renverser le veau d'or et à réconcilier le suffrage universel avec la raison universelle.

167

La vie est un songe, mais les veilleurs de nuit crient trop fort.

168

C'est souvent à leurs heures moroses que nos sœurs

révèlent leur charme le plus irrésistible. La perle n'est due qu'à un accès de mauvaise humeur chez l'huître.

169

Les grands hommes sont les cimes de l'histoire, mais, comme en géographie, on compte plus de glaciers que de volcans.

170

Celui qui en faisant souffrir souffre n'est qu'à demi méchant. Ce qui a fait donner à certaine pierre le nom d'infernale, c'est qu'elle reste froide en brûlant.

171

L'homme qui a broyé le plus de cœurs féminins depuis le commencement du monde s'appelait Don Juan Tenorio. Il fallait du ténor dans l'affaire.

172

Du tissu de nos rêves, quand il est usé, sachons faire de la charpie.

173

Les êtres à principes trop rigides naufragent sans rémission. Tels ces navires supérieurement équilibrés qui, lorsqu'ils chavirent, sont invinciblement maintenus la tête en bas, de par la perfection même de leur carène.

174

La beauté est la clef des cœurs, la grâce le passe-partout, la coquetterie le rossignol, et le flirt la pince-monseigneur.

175

Il n'a survécu au déluge que les animaux qui ont été embarqués dans l'arche. Il faut avouer que l'occasion était belle pour étouffer la dynastie des puces.

176

On parle souvent des replis de la conscience : ils ont sans doute été ménagés pour masquer les déchirures.

177

Même chez le cœur dissimulé, la colère se décèle par un pâle visage; tel le feu caché dans le bois se trahit par les pleurs de la sève.

178

Le même objet est regardé par l'ascète comme un sépulcre blanchi, par l'amant comme un bonbon pétri de roses, et par le lion comme cinquante kilos de viande.

179

Des plus illustres penseurs on cite au maximum vingt mots. Il ne s'agit que de les prononcer.

180

Les héraldistes appellent rampant un lion qui fait le mouvement de grimper. Faut-il voir là une ironie ?

181

D'après les lois mêmes de la géométrie, le monde ne saurait remplir le cœur de l'homme. En effet, le monde est rond et le cœur triangulaire. Or, on sait qu'un rond inscrit dans un triangle ne le remplit pas.

182

Il y a des gens dont le cerveau est comme un pulvérisateur. Ils n'émettent pas des opinions, ils les émiettent.

183

Le poison administré à Britannicus ayant noirci son visage, l'empereur fit étendre dessus une couche de blanc pour simuler la pâleur de la mort naturelle, mais une grosse pluie survint qui lava le fard. L'histoire est cette pluie.

184

L'amour est l'escalier qui mène au ciel, la foi en est le garde-fou.

185

Pour persuader la multitude, il ne faut que des cris et des gestes; le peuple n'écoute pas, il regarde parler.

186

L'art de la parure chez la femme est centrifuge, non centripète. La grâce doit se communiquer moins de l'écharpe à elle que d'elle à l'écharpe.

187

Prodiguer à tout propos les plus subtiles saillies est aussi déplacé que de couper le pain avec un rasoir.

188

Nous n'apprécions que ce qui est surpris, dérobé. Jusqu'aux vulgaires suiveurs, s'ils s'aperçoivent que la jupe dont ils ont élu le sillage est relevée à dessein, ils abandonnent la chasse.

189

En matière de calomnie on se partage la besogne; la loi frappe les coupables, l'opinion les victimes.

190

La logique n'est qu'une escrime. A quoi bon l'apprendre quand on ne veut pas se battre ?

191

La Révolution française qui a proscrit si rigoureusement le droit de banalité aurait bien dû l'interdire à ses historiens.

192

Personne ne se donne sans résistance. Le nuage lui-même, au moment de se répandre en eau bienfaisante, prend un air maussade.

193

Les esprits puissants réussissent rarement dans le genre familier. Il n'appartient qu'à Hercule de déposer quand il le veut sa massue pour jouer avec des fuseaux.

194

On peut tout faire accroire aux femmes, sauf qu'on est aimable.

195

Quelque polychrome que soit leur pelage, les vaches ne donnent de lait que d'une seule couleur : ainsi, parmi toutes les variétés de devoirs, la charité les résume tous.

196

Les religions sont comme des boussoles de poche ; elles vous indiquent bien la direction en gros, mais à mesure qu'on s'approche du pôle, elles s'affolent.

197

Il y a des gens qui ont mauvaise grâce, même en s'avouant coupables, comme ces errata où s'étale une bévue nouvelle.

198

L'amour parle avec éloquence par pantomimes, mais il ne s'exprime jamais plus clairement qu'en inscriptions bilingues.

199

La civilisation développe même chez nos frères les plus humbles le goût de la réclame. Ce n'est que dans les basses-cours que l'apparition du moindre œuf est annoncée à grands gloussements ; dans la forêt la ponte s'accomplit sans publicité.

200

Dans une maison sans cheminée on ne fait point de feu sous peine d'être asphyxié ; de même dans une âme qui n'a point d'ouverture sur l'infini une passion ne peut s'allumer sans étouffer toutes les voisines.

201

La nature est insensible à nos douleurs. N'est-il pas

effroyable de penser que les bois de la guillotine peuvent jouer ?

202

Qui nous empêche de vivre en frères ? Peut-être la seule présence de nos sœurs.

203

L'art embellit tout au plus la vie ; la religion seule l'emplit.

204

Un Français à l'étranger se reconnaît à deux signes : 1º à ce qu'il parle très bien le français ; 2º à ce qu'il ne parle nulle autre langue.

205

Si l'inconduite consiste à courir de la brune à la blonde, le plus grand débauché est le monogame, puisque pour lui une femme les résume toutes.

206

Est-ce pour symboliser la victoire ou pour nous rappeler combien tout domicile est précaire que tant de ciels de lit dans nos alcôves ont reçu la forme de tentes ?

207

Le chemin de la ruine est toujours en bon état ; ce sont les voyageurs eux-mêmes qui paient les frais d'entretien.

208

« Les jours se suivent et ne se ressemblent pas. » — « Les jours se suivent et se ressemblent. » Telles sont les deux plaintes qu'on entend exhaler du matin au soir par les pauvres humains, souvent par le même, et au même instant.

209

« Donnez-moi un point d'appui et je soulèverai le monde. » Hélas ! que d'Archimèdes ont follement cherché ce point d'appui sur une épaule potelée mais glissante !

210

Les souvenirs d'enfance affluent à la pensée du vieillard. L'âme veut être enterrée dans sa patrie, comme le corps.

211

« Le Français né malin... » Ceci fut écrit à une époque où on était souvent changé en nourrice.

212

Une plaie qui intéresse les poumons d'un blessé intéresse surtout ses héritiers.

213

Le temps n'améliore que les Rubens peints. La magie de sa patine ne régit que les chairs sur la toile, non les chairs sous la toile.

214

Est-il rien de plus ignoble que deux époux se donnant mutuellement leurs biens par testament ? C'est comme s'ils prenaient déjà le demi-deuil.

215

En vieillissant les sutures du crâne s'affermissent, celles du paletot se relâchent.

216

L'esprit tue tout chez celui qui en possède ; les terrains qui produisent le sel sont impropres à toute autre culture.

217

Toutes nos jalousies n'évitent la férocité que pour sombrer dans le ridicule : elles sont à guillotine ou à tabatière.

218

A Paris, les commencements de relations sont beaucoup plus cordiaux que partout ailleurs. On sent instinctivement qu'il n'y en a pas pour longtemps.

219

Comment veut-on que nous échappions à la mièvrerie et à l'affectation, quand notre planète elle-même par son inclinaison sur l'écliptique prend des airs penchés ?

220

Le plus grand malfaiteur qui sera jamais fut certainement Caïn, celui qui égorgea le quart du genre humain.

221

Il est peu de femmes dont un chapeau ne tourne la tête avant de la coiffer.

222

Les vieillards, dit-on, retombent en enfance. Pas de bien haut.

223

Pourquoi nos romanciers se tourmentent-ils à nous décrire les charmes de leur héroïne ? Ils n'ont qu'un mot à dire: « Lecteur, elle était aussi jolie que ton avant-dernière maîtresse. »

224

L'homme n'aime qu'une fois dans sa vie. En effet, à chaque amour qui lui pousse, il a soin de dire: « Voilà une nouvelle vie qui commence. »

225

Malgré les apparences, il est juste et équitable que le mariage n'ait pas été compris parmi les jeux de hasard. Il est rare en effet que les joueurs ne se rendent pas bientôt les cœurs qu'ils ont échangés.

226

Le sage est le roi de l'humanité. Les autres rois ne gouvernent que des patries.

227

Sur le menu de l'amour, on trouve encore par-ci par-là celui du prochain, mais parmi les plats froids.

228

Quand la femme se marie, elle dit : « Oui. » C'est la dernière fois qu'elle prononce une phrase d'une syllabe.

229

Je suis découragé des joies du contact sexuel, depuis que les physiciens m'ont appris qu'il ne peut jamais être complet, et qu'entre le marteau-pilon du Creusot et l'enclume qu'il écrase il y a encore un intervalle. Or, être séparé par un millionième de millimètre ou par deux lieues, n'est-ce pas la même chose pour un cœur assoiffé d'absolu ?

230

La curiosité seule suffit à perdre la femme. Certainement Ève n'aimait pas le serpent.

231

En mariage il ne doit y avoir qu'un corps et qu'une

âme. Rien de plus facile à réaliser, puisque le mari n'y entre que quand sa carcasse est déjà fort entamée et qu'il a éparpillé son âme aux quatre coins du globe.

232

Le langage, toujours avisé, n'a pas manqué d'appeler « petite oie » la première manifestation de la bête en nous.

233

Une femme n'est jamais plus grossière qu'une lettre, qui, si cavalière qu'elle soit, commence et finit toujours par un demi-compliment. Même quand elle ne veut plus rien de nous, elle tient encore à ce que son visage et son pied nous plaisent.

234

Les passions dansent éternellement leur ballet dans notre cœur, et même durant les entr'actes, elles esquissent leurs pirouettes au foyer ou marivaudent dans les coulisses.

235

La femme prend le nom du mari, comme un généra vainqueur celui de la bataille qu'il a gagnée.

236

Le peuple dit : « Ma connaissance. » Il ne sait donc pas que dès qu'on commence à connaître, on n'aime plus ?

237

Mourons pour la patrie... Soit. Mais vivons pour autre chose.

238

L'amour socratique n'est qu'un contresens ; l'amour platonique est un non-sens.

239

Puisqu'on décerne le prix Montyon aux héros de vertu, ne devrait-on pas accorder au moins une médaille de sauvetage à ceux qui ont sauvé les apparences ?

240

Avoir donné le divin nom de Psyché à un miroir ! La femme a-t-elle jamais révélé plus cyniquement toute son âme de modiste ?

241

L'amour, comme tous les aimants, ne se fortifie qu'en s'armant d'un métal.

242

Les malices de la plus futée sont cousues de fils blancs : ses nerfs.

243

Parmi les monuments, statues et autres détails d'architecture qu'on orne d'oripeaux lors des anniversaires de nos glorieuses dates nationales, je m'étonne toujours qu'on oublie de pavoiser les girouettes.

244

L'occasion ne revient jamais, ou, quand elle revient, c'est avec des cheveux si gris qu'elle ne nous reconnaît pas.

245

Nous jugeons tout autrement des choses suivant que nous les espérons, que nous les voyons face à face, ou qu'elles s'estompent dans notre souvenir. Telles ces enseignes en trompe-l'œil munies de lamelles de verre, qui laissent lire au passant charmé successivement trois mots différents.

246

On voit encore çà et là quelques vieux époux conserver en bocal leur félicité. Vit-on jamais deux amants fêter leur cinquantaine ?

247

L'homme le plus malheureux de la création a été sans contredit Adam, qui n'eut pas de souvenirs d'enfance, et dont le premier amour fut utile.

248

La lettre tue, l'esprit blesse.

249

Comme Bucéphale qui, à poil, acceptait le plus humble cavalier, et, caparaçonné, le seul Alexandre, ceux qui, devenus riches, renient les amis de l'infortune, atteignent tout juste la hauteur de sentiments d'un cheval de race.

250

La rosée de certains baisers plus particulièrement élus devrait pouvoir s'engloutir par le larynx et descendre jusqu'au cœur, seul tabernacle digne d'une telle hostie.

251

Le forgeron, en martelant le fer rouge, frappe toujours quelques petits coups sur l'enclume, uniquement pour varier son œuvre et la rehausser par quelque souci d'art. Toute une esthétique ne gît-elle pas dans ce retentissant exemple ?

252

Quand tous les charmes de la femme sont successivement décédés, reste la flamme de son regard comme une lampe dans un caveau funéraire.

253

Les astronomes eux-mêmes semblent avoir subi la contagion de notre soif de l'or. La première chose qu'ils songent à demander aux raies du spectre, n'est-ce pas de leur révéler dans le soleil et dans les étoiles la présence de métaux ?

254

L'humanité se sert volontiers de chevaux pour régler ses comptes avec les grands hommes. Toutefois, si elle en consacre six à traîner en triomphe ses fléaux, elle n'en délègue avarement que quatre pour écarteler ses bienfaiteurs.

255

Une edelweiss qu'on arrache au front chauve d'un glacier, au péril de sa vie, est une noble conquête, mais combien plus glorieuse la cueillette des camélias qui se pâment au vallon tiède des corsages !

256

L'Évangile ne sera apprécié à sa réelle valeur que quand on le lira comme les Védas.

257

Le monde a deux poids et deux mesures. Si encore il s'en servait !

258

Si le fantôme du Brocken suffit à effrayer l'amour, c'est assez de l'eau des mirages pour étancher ses soifs.

259

L'étiquette mondaine exige de la femme la mise à l'étalage d'un trapèze de viande. Moins exigeante pour l'homme, elle se contente par l'exhibition d'un triangle de toile. O sainte Géométrie, que d'absurdités se commettent en ton nom !

260

« Tomber amoureux, » quelle jolie expression ! Mais pourquoi faut-il qu'on tombe toujours sur la tête ?

261

Certaines natures brillantes mais pourries demandent avant d'être abordées un patient travail d'épuration, comme ces jolies poires toutes véreuses qu'il faut sculpter, pour ainsi dire, à seule fin d'en isoler la pulpe esculente.

262

« Cache ta vie, » dit le Sage. Qui donnera alors le bon exemple ?

263

La nature ne connaît que le pas et le galop. Comme pour le cheval, le plus clair de notre éducation est de nous apprendre à trotter.

264

Aux qualités qu'on exige d'une bonne maîtresse, connaissez-vous beaucoup de ses esclaves capables de tenir son rôle ?

265

Certains gentilshommes faisant sonner à tout propos les exploits de leurs ancêtres n'ont du croisé que leur paletot.

266

Nos lèvres sont une porte qui s'ouvre et se ferme à volonté sur une grotte humide aux voluptueux mystères. Mais combien plus merveilleux le monde de splendeur et de rêve sur lequel se closent les battants de nos paupières !

267

L'amour est une harpe éolienne qui résonne d'elle-même ; le flirt, un harmonica nécessitant l'emploi des mains ; le mariage un harmonium, qui ne marche qu'à coups de pieds.

268

Heureuses les tortues ! Partout où elles vont, elles transportent leur alcôve.

269

Pour peu que le ver de terre soit égoïste, il doit bien souffrir du coup de bêche qui de lui en fait deux.

270

Les condottieri de l'amour vénal sont sevrés des âpres voluptés de la conquête. Sur les trois ponts dont s'enorgueillit leur casque il est rare qu'il y en ait un pour symboliser celui des soupirs.

271

Celui qui a le cœur content trouve le bonheur partout.

Quand son pied se joue dans une pantoufle, n'est-ce pas pour l'oisif comme si tout l'univers était recouvert d'un cuir souple et caressant ?

272

La vérité sort de la bouche des enfants. Par malheur, c'est leur nez qui veut toujours nous faire des révélations.

273

Pauvres Parisiens ! En fait de clocher natal ils ne connaissent que la course au clocher.

274

Il aut dans la conversation, comme dans la salade, du sel, un peu de poivre, assez de vinaigre, beaucoup d'huile, mais surtout bien remuer.

275

Le méchant ne voit que des méchants autour de lui. Tout vice est teinté de jaunisse.

276

On blâme beaucoup ceux qui n'ont ni queue ni tête. Et pourtant ne serait-ce pas tout le secret du bonheur ?

277

Pour étendre son horizon le cœur le plus froid n'a besoin que d'une habile attitude. Pour agrandir une perspective à l'infini, il suffit de deux glaces placées en face l'une de l'autre.

278

Les femmes qui n'accusent que trente ans se fondent sans doute sur ce que les dix premières années de leur vie ne sont pas coupables.

279

Nos corps sont les temples du Saint-Esprit, mais depuis longtemps laïcisés.

280

Heureux le livre dont une ligne fait penser une page, mais surtout décourage de l'écrire !

281

On change le nom de ses passions et on croit avoir changé leur direction ; tels ces conseils municipaux, affolés de démocratie, qui passent leur vie à débaptiser nos rues.

282

Pour que l'amitié succède à l'amour, il faut que l'estime soit pourvue d'un legs important.

283

La rhétorique et la logique sont les armes savantes de la pensée : la première en est l'artillerie, la seconde le génie.

284

La rouge fleur de l'honneur ne devrait avoir droit de s'épanouir sur une poitrine que quand elle a ses racines dans le cœur.

285

Notre intérêt plaide devant notre conscience, à la façon de ces vieux avocats qui s'attendent d'un moment à l'autre à être appelés pour compléter le tribunal.

286

Tel enfant de famille opulente élevé pour faire un demi-dieu sera tout au plus un bon quart d'agent de change.

287

Il y a des sacrifices que nous n'offrons à Dieu que quand il nous y invite directement, comme ce cavalier qui, tombant de cheval, disait : « Je voulais justement descendre. »

288

L'Église doit être bonne mère ; elle outrepasserait son rôle en se montrant bonne fille.

289

Tout peut devenir objet de mode, hormis la raison, négation des modes.

290

Quand on admire quelqu'un sans savoir pourquoi, on peut être certain que c'est sans fondement ; mais quand on aime sans savoir pourquoi, c'est le vrai amour.

291

Se glorifier de trésors qu'on tient enfermés sans profit pour personne est à peu près aussi avisé que de s'enorgueillir des mines d'or du centre de la terre qu'on foule aux pieds en marchant.

292

Une des entreprises les plus laborieuses en toute publique occurrence est d'empêcher la fanfare de se prendre pour la procession elle-même.

293

Il y a des gens qui se marient soi-disant par économie. C'est donner une haute idée de leurs performances.

294

Chose singulière, nous sommes moins exigeants en matière d'espace que de temps. Nous prenons plus facilement notre parti de ne pas peser trois cents livres que de ne pas vivre trois cents ans.

295

La vertu gît au milieu. Le vice aussi.

296

Tout sentiment qui s'écrit est vite fané. On ne trempe pas les fleurs dans l'encre.

297

A l'état normal le volume du cœur n'est guère plus considérable que le poing du sujet auquel il appartient. Si du moins il n'était pas plus menaçant !

298

La plupart des lettres qu'écrivent à leurs derniers instants ceux qui recourent au suicide semblent prouver qu'ils auraient pu employer utilement encore quelques belles années, tout au moins à feuilleter des grammaires.

299

On ne peut ouvrir un livre sans apprendre quelque chose, quand ce ne serait que l'inutilité d'écrire.

300

L'honneur est une boussole cachée sur notre cœur, mais dont l'aiguille est toujours faussée par la petite mine d'or de notre porte-monnaie.

301

Les billets qu'on prend à la loterie du mariage rappellent trop souvent celui de La Châtre.

302

Un amour qui meurt de ses blessures était au moins anémique.

303

Tous les prophètes de la vie future nous la dépeignent meilleure ou pire que celle-ci ; aucun ne l'annonce semblable. Le pessimisme a ses limites.

304

L'esprit, comme l'imagination, nous renseigne sur le temps, mais l'esprit le proclame comme une horloge, l'imagination le révèle polychrome, comme un cadran de Flore.

305

Il faut choisir ses opinions et les adapter à sa taille, mais on n'est pas tenu de les créer de toutes pièces. De même qu'on élit une étoffe et qu'on la fait couper à sa mesure, mais que le plus excentrique ne s'est pas encore avisé de tondre un mouton ou de planter des cotonniers spécialement pour sa jaquette.

306

Quelle source intarissable de félicité que les enfants dans le cercle de famille ! Jusqu'à six ans leurs piaillements vous empêchent de terminer une seule phrase ; à partir de sept ans, on ne peut plus rien dire devant eux. Et dans l'intervalle, ils ont généralement la fièvre typhoïde.

307

Une mauvaise habitude ne meurt jamais *ab intestat*.

308

Pour obtenir d'une personne ce qu'on désire il ne faut

pas s'adresser à son cœur seul, ni à sa tête seule, mais à l'un et à l'autre ensemble, de même qu'un mendiant avisé ne sollicite que les couples marchant côte à côte et qui lui donnent par amour-propre.

309

Sans doute l'homme a été créé à l'image de Dieu, mais à une époque où les procédés de reproduction étaient encore dans l'enfance.

310

Plusieurs ont toutes les qualités voulues pour entretenir un parfait commerce d'amitié, mais ils ne font le commerce qu'en gros.

311

C'est pour le cœur surtout que trois incendies équivalent à un déménagement.

312

La plupart des femmes entendent le mot « constance » comme le lac de ce nom, dont les eaux limpides baignent quatre pays différents.

313

Les enfants se forment souvent plus vite qu'on ne le voudrait ; ils scandalisent alors leurs éducateurs comme des échafaudages qui prendraient racine et jetteraient des bourgeons.

314

Puisqu'il devient de mode de couler en bronze tous les hommes utiles à l'humanité, n'élèvera-t-on pas bientôt une statue à ceux qui n'ont pas inventé la poudre ?

315

Quand je vois un de ces parchemins d'autrefois, muni de son large sceau royal, portant un arrêt de mort, je ne puis m'empêcher de songer, à la honte des animaux, que les matériaux employés à ce chef-d'œuvre d'humanité ont été fournis par un âne, une oie et quelques abeilles.

316

Certains visages sont la carte de l'honneur et de la loyauté, mais n'indiquent que des régions polaires.

317

Les peuples civilisés s'offrent entre eux les vérités au bout d'une baïonnette, comme les gens mal élevés se présentent le pain à la pointe d'un couteau.

318

La colère bannit la réflexion, mais ses conséquences lui accordent aussitôt un sauf-conduit.

319

Qui sait si un caniche aboyant de la même façon pour exprimer qu'il a faim d'os et soif de caresses, n'est pas considéré par les siens comme un éminent virtuose en calembours ?

320

Tout finit par des chansons. La dernière, c'est le *De profundis*.

321

Les femmes honnêtes se donnent tout entières à des riens, les autres à des pas grand'chose.

322

On quitte ses amis sous prétexte qu'ils ont changé.
Pour tout ennemi de la monotonie, ce serait cependant le
meilleur motif à les garder.

323

L'orgueil ne se complaît qu'à détruire ; un seul chêne
en tombant fait plus de bruit que n'en font ensemble en
croissant tous les végétaux répandus sur la surface du
globe.

324

Pour beaucoup d'écrivains la fortune n'est que l'honnête
récompense accordée à celui qui rapporte un objet perdu.

325

En morale, c'est déjà être vaincu que de conclure une
trêve.

326

Les sensations modelées forment la sensualité ; ciselées,
le sentiment.

327

La nature place toujours le remède à côté du mal ; on voit même des gens qui ne prennent jamais que le remède.

328

On peut, quoique blasé, demander des consolations à l'amour, de même qu'on peut prendre médecine sans y croire.

329

Le génie est une longue patience, plus une occasion.

330

Toute amitié rompue d'un côté l'est des deux.

331

Apprendre par cœur est bien, apprendre par le cœur est mieux.

332

L'homme vit tant qu'il désire. La femme est morte qui n'est plus désirée, même par un seul.

333

Celui qui dans une symphonie ne découvre pas chaque fois des beautés nouvelles n'est qu'un instrument.

334

Que l'auteur de la Vénus de Médicis n'ait en aucun point copié la nature, c'est là une vérité dont il nous faut payer cher la conquête, mais qui, une fois acquise, n'est plus jamais exposée à être détrônée de son piédestal.

335

Le cœur aspire et étouffe, le cerveau pétille et fait trémousser. L'un est une machine pneumatique, l'autre est une bouteille de Leyde.

336

Qui parle de supprimer les étrennes? Une si solennelle occasion d'affirmer l'indépendance de son cœur !

337

Certains disent : « Mon Dieu », comme on dit : « Mon général ».

338

On recommande d'éviter l'esprit facile ; quant à l'esprit difficile, son nom seul le condamne. A quel genre alors se vouer ?

339

En tirant un coup de fusil, un chasseur est toujours sûr d'abattre quelque chose, quand ce ne serait que son orgueil.

· 340 ·

On aurait tort d'envier aux sots une vanité qui leur sert d'utile dérivatif. C'est comme la crête qui en se gonflant prémunit les dindons contre l'apoplexie.

341

Toute maladie du corps social trouve plus vite des avocats que des médecins.

342

Il est peu de prédicateurs qui, quelque sujet qu'ils traitent, ne nous donnent pas une certaine idée de l'éternité.

343

Est-il plus douce volupté au monde que d'entendre sa prose dans la bouche d'une jeune et jolie femme, heurtée au pur cristal de sa voix ? Quel baiser colombin vaut cette aérienne communion d'âmes ?

344

Dans la vie du cœur on est toujours volé quand on s'abandonne à aimer, toujours richement rémunéré quand on se regarde aimer.

345

Le propre des grandes passions est de rendre l'idée de la mort indifférente, soit par espoir, soit par contraste.

346

Rien n'est plus délicieux qu'être étendu sous un arbre, en été, avec un bon livre, si ce n'est d'être étendu en été, sous un arbre, sans livre.

347

Ce n'est pas l'enlèvement qui est difficile, c'est l'emballement.

348

Certains naïfs s'imaginent que l'ancienneté confère des titres en amour. Pourquoi pas la vieillesse ?

349

Ainsi que les beaux corps, l'âme gagne à être vue à nu, mais perd à être disséquée.

350

La véritable amitié se reconnaît à ce qu'elle ne guette dans notre cœur aucune succession à prendre et qu'elle trouve toujours, pour y faire son entrée, des voies semées de fleurs et l'arc de triomphe tout dressé.

INDEX

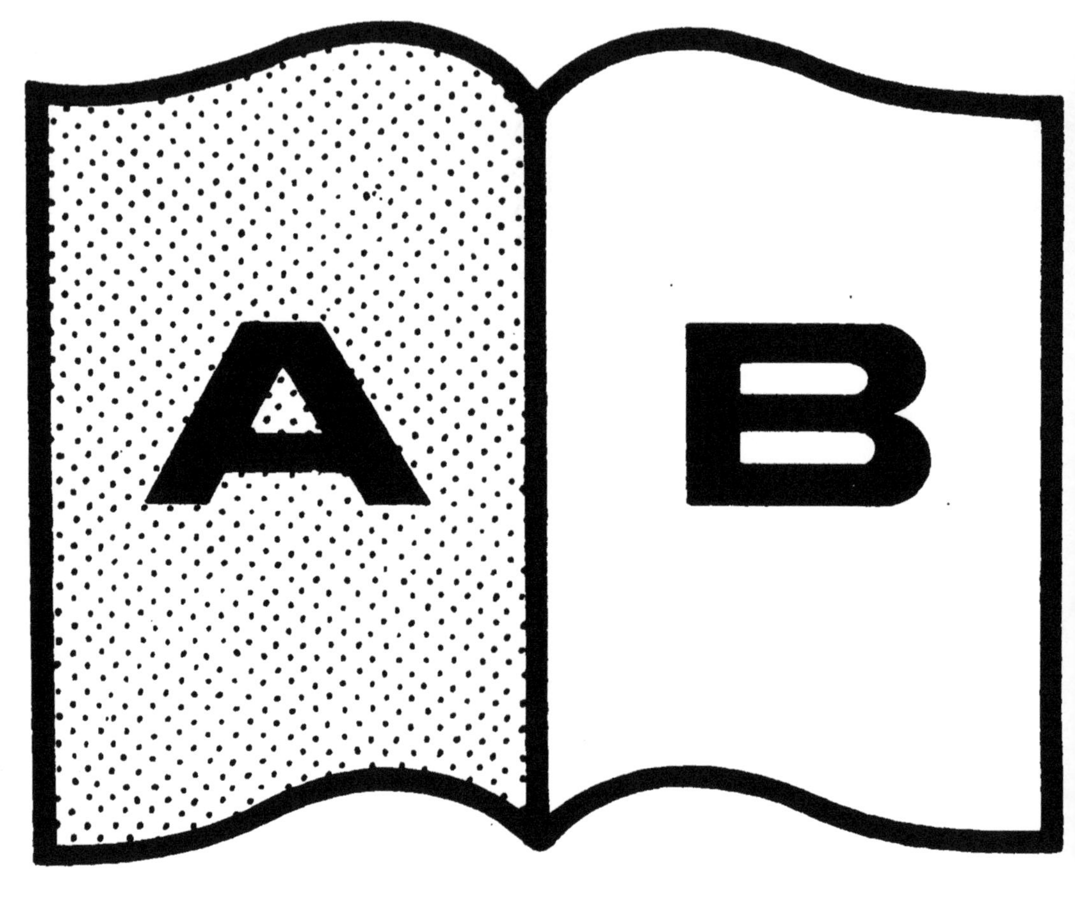

Contraste insuffisant

NF Z 43-120-14